Analyse de l'œuvre

Par Cécile Dupuy

La Familia grande

Camille Kouchner

lePetitLittéraire.fr

Analyse de l'œuvre

Par Cécile Dupuy

La Familia grande

Camille Kouchner

Rendez-vous sur lepetitlitteraire.fr et découvrez :

Plus de 1200 analyses
Claires et synthétiques
Téléchargeables en 30 secondes
À imprimer chez soi

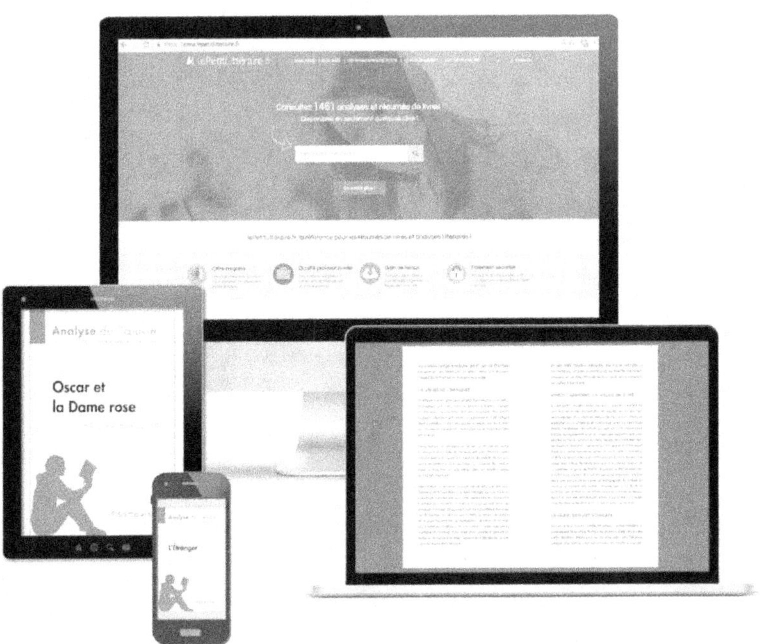

LA FAMILIA GRANDE

RÉCIT D'UN INCESTE AU CŒUR DES ÉLITES DE GAUCHE

- **Genre :** Autobiographie
- **Édition de référence :** *La familia grande*, Paris, Seuil, 2021, 204 p.
- **1re édition :** janvier 2021
- **Thématiques :** Famille, deuil, inceste, politique, militantisme de gauche, omerta, soixante-huitards, suicide, hypocrisie.

La Familia grande est une autobiographie de Camille Kouchner, qui y raconte son enfance, son adolescence, puis sa vie adulte écrasée par le poids d'un insupportable secret : celui de l'inceste subi par son frère jumeau. Il s'agit du premier livre de l'auteure, par ailleurs professeure de droit à l'université de Paris. L'ouvrage dénonce l'omerta qui règne dans le milieu des élites de gauche à propos des violences subies par son frère, et peut-être par d'autres. Camille Kouchner dresse un tableau sans complaisance de la génération de Mai 68, celle qui a prôné la liberté comme valeur première. Elle en montre l'opportunisme, les dérives et les lâchetés, les extravagances. Le livre a fait scandale dès sa sortie et s'est classé immédiatement en tête des ventes de livres de non-fiction. Le célèbre politologue Olivier Duhamel, le beau-père accusé d'inceste, a démissionné de son poste de Président de la Fondation nationale des sciences politiques suite à la parution du livre.

CAMILLE KOUCHNER

ÉCRIVAIN FRANÇAIS

- **Née le 17 juin 1975 à Paris**
- ***La Familia grande* est son premier livre.**

Camille Kouchner est la fille de Bernard Kouchner, ancien ministre et homme politique investi à l'ONU dans le domaine de l'aide humanitaire, et d'Évelyne Pisier, intellectuelle ayant notamment travaillé dans de prestigieuses maisons d'édition. Camille Kouchner a longtemps été la belle-fille d'Olivier Duhamel, célèbre politiste. Camille Kouchner a fait, comme sa mère et son beau-père, des études de droit. Elle est avocate et enseigne le droit social et le droit de la santé à l'université de Paris. L'autobiographie qu'elle livre dans *La Familia Grande* a fait scandale lors de sa sortie en janvier 2021 et s'est écoulée à 225 000 exemplaires en une semaine, puis est restée en tête des ventes pendant près d'un mois. Suite à cette publication, son frère, victime d'inceste, a de nouveau été entendu par la brigade de protection des mineurs. Le beau-père incriminé, Olivier Duhamel, a par ailleurs été démis de ses fonctions de chroniqueur et animateur sur Europe 1 et LCI. Il a également quitté la direction de la Fondation nationale pour les sciences politiques. Les faits rapportés étant prescrits, il n'y a pas eu de procès.

RÉSUMÉ

La Familia Grande raconte la vie de Camille Kouchner (fille du ministre du même nom), de son enfance jusqu'à ses quarante ans. La première partie de l'ouvrage est consacrée au récit d'une enfance heureuse, où le maitre mot est : liberté. La mère de Camille, Évelyne, est en effet issue de la génération qui a fait Mai 68 et qui est très attachée à cet idéal libertaire : en toute chose, le libre arbitre doit primer, la femme doit s'affranchir des contraintes séculaires, et les conventions sociales sont à combattre. C'est pourquoi Évelyne s'occupe peu de ses enfants, estimant que ce serait céder à un schéma périmé. Cette intellectuelle reconnue ne poursuit qu'un seul et unique objectif dans son éducation : transmettre les valeurs qu'elle défend. Quelques années après la naissance de Camille et de son jumeau Victor (prénom modifié par l'auteur), Évelyne se sépare du père de ses enfants, Bernard Kouchner. Celui-ci est un médecin et activiste de gauche qui gravira une à une les marches de l'échelle sociale, jusqu'à son ascension au poste de ministre de la Santé et de l'Action Humanitaire, puis de l'Emploi et de la Solidarité, puis à nouveau de la Santé. Le père de Camille est un homme passionné, mais aussi colérique, dont les cris et les absences répétées ont épuisé l'amour d'Évelyne.

Camille souffre de la froideur et des explosions de son père, qu'elle ne voit que rarement. Elle reporte toute son affection sur son beau-père, Olivier Duhamel (lequel n'est jamais explicitement nommé dans l'ouvrage).

Celui-ci est attentif, affectueux, très présent, amusant...
Il devient rapidement le père de substitution des trois
enfants d'Évelyne : Colin (l'ainé), Camille et Victor. Ces
derniers l'adorent, tout comme ils adorent leur mère,
personnage haut en couleur, leur grand-mère Paula,
femme anticonformiste et fantasque, et leur tante
Marie-France Pisier. La famille s'agrandit avec l'adoption
de deux autres enfants, originaires du Chili, Luz et Pablo.

Le beau-père possède une propriété dans le sud de la
France, à Sanary. Chaque été, toute la famille s'y installe
et y coule des jours insouciants, avec les nombreux amis
invités, agrégés sous l'appellation « la Familia Grande »
(la grande famille). Les enfants sont laissés libres de faire
ce qu'ils veulent et leurs parents les poussent à s'éman-
ciper. Les journées sont ponctuées de baignades dans la
piscine, de jeux de scrabble et de mots croisés, de grandes
discussions animées. Camille Kouchner brosse un tableau
à la fois paisible et festif de ce qui lui apparaitra plus tard
comme un idéal de bonheur.

Jusqu'à ses quatorze ans, la narratrice mène une existence riche en enseignements et en liberté, et s'épanouit
dans ce milieu militant qui défend de grandes idées.
Mais un évènement vient fracasser son bonheur : sa
grand-mère Paula se suicide, ce qui plonge Évelyne dans
la dépression et l'alcoolisme. Celle-ci n'est plus que
l'ombre d'elle-même et Camille souffre énormément de
cette désaffection qui s'ajoute au deuil de sa grand-mère.
En outre, son jumeau lui révèle qu'il subit régulièrement
les attouchements de son beau-père. Par peur de perdre
l'amour de ce dernier, par peur d'ajouter à la peine de

sa mère, Camille ne dit rien et garde le secret, en partageant la culpabilité de son frère : si un homme si bon et si aimant agit ainsi, c'est que ce doit être normal... Et dans l'idéologie des post-soixante-huitards, le sexe aussi se vit de manière libérée...

Les années passent, mais le secret devient de plus en plus lourd à garder. Victor quitte l'appartement familial à 17 ans, pour fuir son beau-père. Camille l'imite après avoir obtenu son baccalauréat. Avec la maturité, Camille comprend que les agissements de son beau-père sont des actes pédophiles tout à fait répréhensibles. Cependant, son frère ne veut rien révéler, préférant construire sa vie en posant un couvercle sur cet épisode : il se consacre entièrement à son travail, quitte la France, confie ses difficultés à sa jumelle, mais lui ordonne de garder le secret. La narratrice ne contrevient pas au souhait de son frère, mais en paye le prix : rongée de l'intérieur, elle devient absente à elle-même, perd gout à la vie, s'enferme dans une extrême solitude. Elle réussit brillamment ses études de droit, valide sa thèse avec les félicitations du jury, mais n'en a cure. Elle souffre de l'hypocrisie permanente qu'elle doit endosser pour faire comme si de rien n'était.

Heureusement, à l'âge de 25 ans, Camille voit enfin un rayon de soleil illuminer sa vie : elle rencontre un cinéaste, Thiago, avec lequel elle vit une grande histoire d'amour. Peu après, elle entame une carrière de professeure à l'université et donne naissance à son premier enfant, une petite fille. Or, Thiago a un fils né d'une première union, Orso. Camille craint plus que tout que le jeune garçon n'ait à subir les assauts pédophiles de son beau-père, lors des vacances à Sanary. Elle presse son frère de révéler leur secret, mais Victor ne veut rien lâcher. Il accepte toutefois d'en parler à sa femme Alice, car ils sont parents d'un petit garçon. Lorsque l'été arrive et que tout le monde se retrouve à Sanary, la tension est extrême pour Camille, son frère et sa belle-sœur : ils font en sorte d'éviter le beau-père, surveillent étroitement les enfants, donnent le change... Mais quand nait le second enfant de Camille, Nathan, celle-ci ne se sent plus la force de poursuivre la comédie. La peur est trop grande que l'histoire ne se répète et elle ne se sent pas capable de le supporter. Le secret est devenu si toxique qu'elle en est malade : elle ne pèse plus que 38 kilos, enchaine les embolies pulmonaires, vit dans la terreur depuis trop longtemps.

Victor accepte donc enfin de lever le sceau du secret : il s'en ouvre à Colin, son ainé qui entre dans une grande colère et se sent trahi, puis à sa mère. Victor est persuadé depuis toujours que cela ne changera rien, que le déni ou l'indifférence prévaudront. Camille est au contraire convaincue que sa mère va quitter son beau-père et qu'il y aura réparation. Mais elle découvre qu'elle avait tort et que son jumeau avait raison. Non seulement Évelyne ne songe pas à se séparer de son mari pédophile, mais en plus elle en veut terriblement à sa fille de la mettre dans cette situation. Elle lui reproche de ne pas l'avoir prévenue plus tôt, car alors elle aurait pu quitter son mari, ce qu'elle estime désormais impossible. Elle ose même dire que Victor a essayé de lui voler son amant... Aucun soutien envers ses enfants, aucune condamnation de son mari. La révélation finit pourtant par se savoir dans le cercle des amis haut placés, qui eux non plus ne réagissent pas, si ce n'est en s'éloignant des jumeaux. Comme si Camille et Victor étaient en faute, comme s'ils étaient coupables de fausses accusations, et ce alors même que le beau-père a reconnu les faits. La seule qui se range de leur côté est Marie-France, leur tante. Celle-ci ne comprend pas la réaction de sa sœur, à tel point que cela aboutit à une brouille durable, pour la première fois de leur vie. Camille se rapproche enfin de son père, même si lui aussi cache le scandale sous le tapis.

Les avocats contactés confirment que le délai de prescription empêche toute poursuite judiciaire, mais enfin les mots sont posés : Victor a été victime d'un crime. Ce pourrait être un soulagement si un nouveau drame ne venait assombrir davantage encore cette période : Marie-France est retrouvée noyée dans sa piscine, attachée à une chaise. La thèse du suicide est validée, bien que Camille en doute à mots couverts. Sans aucun appui désormais, les jumeaux doivent faire face à l'opprobre général, en plus de ce nouveau deuil à supporter. Exilés aux États-Unis, les frères de Camille s'en accommodent, mais pas elle. Tous les liens sont coupés, non seulement avec son beau-père, mais aussi avec sa mère et tous ceux auprès de qui elle a grandi, *la familia grande*.

La série des deuils n'est malheureusement pas terminée : c'est au tour d'Évelyne de succomber, en 2017, après une opération des poumons dont elle ne se relève pas. Le livre commence d'ailleurs par son enterrement, évènement majeur qui libère totalement la parole de celle qui n'admet pas l'omerta. Ce décès et la douleur qu'il entraine donnent à Camille les clés de sa libération : elle finira par raconter toute l'histoire dans ce livre, afin de faire éclater la vérité.

ÉTUDE DES PERSONNAGES

CAMILLE KOUCHNER

Camille est la fille de Bernard Kouchner, médecin de formation et activiste de gauche pendant les années 1960-1980, et d'Évelyne Pisier, intellectuelle de gauche et professeure de droit. Elle a un frère jumeau, Victor (prénom modifié) et un frère ainé, Colin. Elle a également un frère et une sœur adoptés, Luz et Pablo. Elle passe une enfance heureuse, bien qu'elle souffre des absences et des colères de son père, dont sa mère se sépare alors qu'elle a six ans. Camille voue une véritable adoration aux adultes de sa famille : sa mère d'abord, mais aussi sa grand-mère Paula et sa tante Marie-France Pisier, ainsi que son beau-père. Elle est élevée de manière très intellectuelle, avec une remise en question permanente des conventions sociales. Sa mère et sa grand-mère, féministes véhémentes, lui inculquent une certaine intransigeance vis-à-vis des modèles dominants. Les étés à Sanary, dans la propriété de son beau-père, ponctuent son existence insouciante et joyeuse jusqu'à ce qu'elle apprenne que son beau-père s'adonne à des plaisirs pervers avec son frère jumeau. Elle a alors quatorze ans.

Camille est en outre une élève brillante, qui fait ses études secondaires au lycée Henri IV puis au lycée Fénelon, avant d'entamer des études de droit. Durant ses études supérieures, elle vit une sorte de dépersonnalisation, étrangère à elle-même et à son entourage : le secret dont elle est dépositaire la ronge et l'empêche de s'épanouir.

Comme ses frères, elle se réfugie dans le travail et obtient la mention « Très honorable » lorsqu'elle valide sa thèse de droit. Elle obtient ensuite un poste à l'université d'Amiens, juste après la naissance de sa fille, Lily. Elle a en effet rencontré un cinéaste, Thiago, avec lequel elle vit une grande passion. Un second enfant nait de cette union, un petit garçon prénommé Nathan. C'est cette seconde naissance qui opère comme un déclencheur : Camille craint trop que son fils ne subisse les assauts de son beau-père lorsqu'il parviendra à l'adolescence, tout comme elle craint pour l'intégrité de son beau-fils, Orso. Elle lance alors un ultimatum à son jumeau pour que le secret soit enfin révélé. Elle croit fermement que leur mère et toutes les personnes qui gravitent autour d'elle condamneront cet inceste. Mais il n'en est rien, ce qui accentue encore sa souffrance et la pousse, quelque temps après le décès de sa mère, à écrire un livre pour rendre publique l'omerta qui règne dans ce milieu.

Camille est très proche des membres de sa famille, fratrie comme adultes. Elle entretient pendant longtemps une grande complicité avec sa mère et son beau-père, ainsi qu'avec sa tante Marie-France, laquelle constitue un pilier majeur dans sa vie. C'est pourquoi les deuils successifs qu'elle doit endurer l'affectent profondément : sa grand-mère, puis sa tante, et enfin sa mère. Elle doit aussi faire le deuil de la confiance accordée, et c'est ce qui la fait le plus souffrir. Cette souffrance s'inscrit jusque dans son corps : adulte, elle passe de longs mois à l'hôpital pour des embolies pulmonaires récidivantes et perd tellement de poids qu'elle est squelettique.

ÉVELYNE PISIER

La mère de la narratrice est le fruit des amours d'une féministe qui a passé une grande partie de sa vie en Nouvelle-Calédonie, Paula, et d'un officier de l'armée autoritaire, qualifié de « fasciste » par sa femme et sa fille. Elle est née en Indochine. Sa mère quitte son père et vient s'installer à Nice, où Évelyne grandit avec sa sœur Marie-France, dont elle est très proche, et son frère Gilles. À l'adolescence des filles Pisier, la petite famille déménage à Paris.

Évelyne est une femme émancipée (elle ne porte jamais ni culotte ni soutien-gorge) qui défend âprement ses idées de liberté, dans la continuité de l'idéologie de sa mère : « Dans les années 50, Paula a fait exploser les conventions bourgeoises » (p. 37), raconte-t-elle fièrement. Elle élève sa fille dans la doctrine libertaire qui prévaut dans le milieu intellectuel de gauche des années 1970-1990. Jeune femme militante et brillante, elle se rend à Cuba où elle s'éprend de Bernard Kouchner, mais devient parallèlement la maitresse de Fidel Castro. La fidélité amoureuse ne fait pas partie de ses valeurs ni de celles de Bernard, qui va devenir son mari quelque temps plus tard. Elle s'occupe peu de ses enfants, estimant que ce serait un esclavage : aimante et bienveillante, elle se contente de leur inculquer ses valeurs, de manière non dirigiste. Elle quitte Bernard au bout de quelques années, car elle ne supporte ni ses absences ni ses colères. Assez vite, elle se remet en couple avec un homme doux, affectueux et très présent, qui partage lui aussi les valeurs libertaires de la gauche : Olivier Duhamel (jamais nommé dans le livre). Quand elle décide d'adopter deux enfants au Chili, à 45 ans, ce n'est pas elle qui se rend à l'orphelinat : la tâche en est laissée à une nourrice, comme tant d'autres missions parentales (« À Paris, les parents déléguaient tout aux babysitteurs, quasiment des gouvernantes » [p. 75]).

Évelyne est une très belle femme, espiègle et enjouée, qui travaille et réfléchit beaucoup. Elle connait une belle ascension professionnelle : après avoir été professeure de droit (l'une des premières femmes agrégées de droit public et de science politique), elle occupe des fonctions ministérielles sous l'égide de Jack Lang, puis travaille en tant que conseillère éditoriale dans plusieurs maisons d'édition prestigieuses.

Elle n'éprouve pas de chagrin quand son père se suicide. En revanche, elle sombre dans une grave dépression quand sa mère en fait autant quelque temps plus tard. Elle devient alcoolique et n'est plus que l'ombre d'elle-même. Elle n'est plus en lien avec les siens. Il lui faudra plusieurs années pour remonter la pente.

La mère de Camille réagit de manière particulière quand elle apprend que son fils Victor a été victime, à l'adolescence, des attouchements de son mari. Elle en veut d'abord à sa fille de ne pas lui avoir révélé cela plus tôt, assurant qu'elle aurait alors quitté cet homme incestueux. Elle minimise la gravité des actes commis : « Et puis, il n'y a pas eu sodomie. Des fellations, c'est quand même très différent » (p. 166). Après quoi elle s'enferme dans le déni et accuse son fils d'avoir séduit son mari : « J'ai vu combien vous l'aimiez, mon mec. J'ai tout de suite su que vous essayeriez de me le voler. C'est moi, la victime » (p. 167). Cette réaction entraine un conflit avec sa sœur Marie-France : « Pour la première fois, les deux sœurs se sont fâchées. Vraiment fâchées, à ne plus se parler. Marie-France parfois revenait, mais ma mère ne lui opposait que silence et cruauté » (p. 172). Évelyne ne voit plus ses enfants et petits-enfants : elle s'enferme dans sa position de victime. Peu après le décès de sa sœur, elle tombe malade : un cancer des poumons, que le médecin veut opérer très rapidement. Deux chocs septiques consécutifs l'entrainent alors dans la mort.

LE BEAU-PÈRE

Le beau-père des enfants d'Évelyne a dix ans de moins que cette dernière. Il est le fils de grands bourgeois, mais n'en a pas l'idéologie. Vêtu de « bottes à la John Wayne, col roulé et porte-briquet autour du cou (…), jamais de chemise, cravate interdite » (p. 53), il fume des beedis et a les cheveux bouclés. Il ressemble à « un mélange de Michel Berger et d'Eddy Mitchell » (p. 53). Il a été marié une première fois avant de se mettre en couple avec Évelyne.

Militant et intellectuel de gauche, il écrit des Essais comme *Chili ou la Tentative. Révolution/légalité*, voyage à Cuba et au Chili, avant de devenir un politiste influent dans le milieu intellectuel parisien. Il est d'abord professeur de droit, mais grimpe l'échelle sociale jusqu'à devenir un éminent politiste, choyé des médias et très influent.

Cet homme affectueux est très proche de ses beaux-enfants : « Vous êtes mes enfants, et mieux encore » (p. 56), leur dit-il. Il s'en occupe beaucoup : il aide Camille à faire ses devoirs, lui enseigne les jeux de cartes (poker, tarot, blackjack, etc.), l'emmène aux concerts, lui fait découvrir des morceaux de piano, lui lit des passages de ses polars préférés, l'invite à prendre part aux débats politiques des adultes alors qu'elle n'a qu'une dizaine d'années.

Il possède une immense propriété familiale à Sanary : la Plaine du Roi. Chaque été, la famille recomposée s'y installe. Il a un cousin, Thierry, qui séjourne là aussi, et qui bientôt devient le conjoint de Marie-France, la sœur de sa femme. La propriété est composée de deux maisons initialement, et le beau-père en fait construire une troisième, car il invite chaque année énormément de monde : la famille élargie (la mère et la sœur de sa femme, les cousins de Camille), mais aussi beaucoup d'amis, les siens et ceux d'Évelyne. Il désigne cette petite foule sous le nom de *Familia grande*. « Universitaires, philosophes, sociologues, professeurs de droit, juristes, magistrats, avocats, bientôt ministres » (p. 62) se retrouvent dans la propriété du sud de la France chaque été.

Le beau-père (son nom n'est jamais écrit dans le livre) montre un soutien sans faille pour Camille, mais cède à ses penchants pédophiles avec Victor, le frère jumeau de celle-ci. Sa femme Évelyne est alors en proie à une grave dépression : « Il dit que maman est trop fatiguée, qu'on lui dira après. Ses parents se sont tués. Faut pas en rajouter [...] Respecte ce secret. Je lui ai promis, alors tu promets » (p. 105), ordonne Victor à sa sœur. Quand, plus de vingt ans plus tard, Camille rompt enfin le sceau du secret, le beau-père ne nie rien, mais raconte à qui veut l'entendre qu'il s'agissait d'une histoire d'amour. Du fait de la prescription, il n'est pas inquiété sur le plan légal. Il menace Camille de se suicider.

CLÉS DE LECTURE

La Familia Grande est une œuvre qu'on pourrait presque qualifier de sociologique. En effet, au-delà du récit des conséquences de l'inceste, de l'autobiographie, l'auteure y brosse le portrait haut en couleur du milieu dans lequel elle grandit : celui de la gauche intellectuelle des années 1970-1990. Les principaux protagonistes sont, pour la plupart, issus de la bourgeoisie – voire de la grande bourgeoisie –, mais revendiquent un idéal de gauche, très imprégné par les luttes sud-américaines (Fidel Castro et Che Guevara, notamment, leur apparaissent comme des héros). Évelyne, âgée d'à peine 20 ans, entreprend ainsi avec sa sœur un voyage à Cuba pour soutenir la révolution. C'est là qu'elle rencontre Bernard Kouchner, alors à la tête de l'Union des étudiants communistes. Dix ans plus tard, ce dernier change de vie après qu'Évelyne l'ait quitté : « Nouvelle femme, nouveaux rôles. Nouvelle vie, bien plus bourgeoise. Les courbettes, bientôt les ministères [...]. Lui, rentré d'Afrique dans la matinée, passe du Sud au Nord, de la pauvreté à Saint-Germain-des-Prés. Dans les années 80, il fait le show », accuse l'auteure (p. 49). Ce succès apparait comme la trahison d'un idéal, comme une lâcheté, à la narratrice : « Mon bras tremblant lorsque je porte un verre ou propose des cacahuètes aux pantins de droite, ou ex-gauchos, venus flatter les parents » (p. 50). Mais si c'est bien l'ex-militant communiste qui renonce en premier à son intégrité politique, les amis de la *Familia grande* ne sont pas en reste quelques années plus tard. Lors des étés à Sanary, au début des années 1980, les débats politiques sont omniprésents, mais déjà pointe le renoncement : « Les parents sont revenus de leurs luttes, mais ils y croient encore. Pas à la révolution, évidemment, mais aux valeurs de la gauche. Celles qui les unissent, celles qu'ils nous transmettent » (p. 62). Dans le dortoir des enfants, les affiches de Mai 68 tapissent les murs, et c'est entre autres *Le petit Livre rouge* qu'il faut mimer lors des jeux. Mais, comme pour Bernard, l'ascension professionnelle et sociale écrase ces idéaux. « On croise depuis peu des ministres en plus des intellos à Sanary […]. Dès 1990, la gauche révolutionnaire le cède à la gauche caviar. Le pouvoir rapporte. Il n'est plus question d'école publique pour les petits. Luz, Pablo et tous les "cousins" sont inscrits dans le privé, à l'École alsacienne, qu'on m'a pourtant appris à détester […]. À Sanary, Rocard, Cresson, Bérégovoy, plus tard Jospin trouveront plus de fans que Castro et Allende. Fans de pouvoir, souvent arrivistes-nés » (pp. 110-111).

La narratrice fustige cet arrivisme et la trahison idéologique qui en découle, mais remet aussi en cause les conséquences plus profondes, plus intimes, de ce virage. En effet, les idées de gauche de l'époque 1968 prônent la liberté et l'affranchissement des valeurs bourgeoises (notamment en termes de liberté sexuelle), mais érigent également le respect de chacun en vertu cardinale, au nom même de cette liberté. L'accession aux cercles de pouvoir, à la notoriété, à la puissance financière, piétine visiblement ce respect : quand son père a un autre fils avec sa nouvelle compagne, Camille est écartée comme si elle ne faisait pas partie de la famille. Elle et ses frères sont cachés, méprisés, ignorés par leur père et sa femme, au profit des relations utiles. De même, quand le secret de l'inceste est enfin révélé, presque aucun de ces anciens promoteurs de l'égalité ne fait l'effort de prendre parti pour les victimes, ayant trop à y perdre. « Très vite, le microcosme des gens de pouvoir, Saint-Germain-des-Prés, a été informé. Beaucoup savaient et la plupart ont fait comme si de rien n'était » (p. 172).

Dès la scène inaugurale de l'enterrement d'Évelyne, on comprend que Camille est rejetée par tous ces gens qu'elle a côtoyés pendant si longtemps. En révélant l'inceste, elle a non seulement créé un malaise, mais aussi mis en danger leur situation. Tout se passe comme s'ils fonctionnaient en meute et s'unissaient pour écarter le danger qu'elle représente. « Seuls Muriel, Philippe et Fabienne sont venus me voir une fois, et ont condamné mon beau-père devant moi » (p. 191). Alors que c'est le beau-père qui devrait être ignoré, ce sont Camille et ses frères qui subissent le rejet : « À l'enterrement de ma mère, le souvenir de ces gens au loin, qui ne se sont pas approchés » (p. 25). C'est surtout pour dénoncer ce milieu qui préserve ses intérêts par-delà toute considération morale que Camille Kouchner a publié ce livre brulot.

L'HYDRE, MÉTAPHORE DE LA CULPABILITÉ

Dans la mythologie grecque, l'hydre est un gigantesque serpent à plusieurs têtes. Par ses multiples gueules, cette créature maléfique soufflait une haleine empoisonnée sur les marais de Lerne, près d'Argos en Grèce. La particularité de ce monstre était de voir chaque tête repousser après qu'on l'eut coupée. C'est pourquoi Hercule (Héraclès dans la mythologie grecque), qui doit vaincre la bête immonde lors de ses douze travaux, cautérise la plaie de chaque tête coupée afin d'empêcher sa résurrection. Il parvient à la terrasser ainsi, après avoir tranché la tête du milieu pourtant réputée immortelle. Ce mythe a donné naissance à un symbole : l'hydre désigne désormais un « Mal qui se renouvelle constamment et semble augmenter en proportion des efforts faits pour le détruire » (dictionnaire Larousse en ligne, Larousse.fr).

L'auteure utilise cette métaphore à maintes reprises pour désigner la culpabilité, la colère, la honte, et tous les autres sentiments négatifs qui la rongent depuis qu'elle sait que son jumeau est victime d'un inceste. Sa vie est en effet impactée de bien des manières : dans ses relations sociales qui s'amenuisent de plus en plus, dans son rapport hypocrite aux membres de sa famille proche, dans son regard réprobateur sur elle-même, dans sa vie amoureuse, et même dans son statut de (belle-)mère qui craint de ne pas pouvoir protéger son fils et son beau-fils. Toutes ces composantes de son malheur figurent les multiples têtes du serpent, qu'elle essaye de vaincre sans jamais y parvenir.

« La culpabilité est comme un serpent [...]. La culpabilité s'est immiscée en moi comme un poison et a bientôt envahi tout l'espace de mon cerveau et de mon cœur. La culpabilité se déplace d'objet en objet. Elle se greffe plusieurs visages et vous fait regretter tout et n'importe quoi » (p. 108), raconte la narratrice, après avoir découvert le secret qui lie son frère et son beau-père. Elle ajoute une page plus loin : « Le serpent ne se mettra vraiment à danser que quelques années après », c'est-à-dire quand elle quitte l'appartement familial et entame ses études de droit. Elle est déjà en proie à cette dépersonnalisation qui l'éloigne d'elle-même et de ses amis : « C'est à cette époque, je crois, que les têtes du serpent ont commencé à se démultiplier [...]. Jusqu'à mes 20 ans, l'hydre n'était qu'un serpent. Le reptile a nourri ma sidération [...]. Puis l'hydre s'est invitée, elle a insisté, présenté de nouveaux traits. La tristesse s'est jointe à la stupéfaction première. S'y est ajoutée la colère. [...] Immense culpabilité d'exister » (p. 122).

Le serpent, symbole biblique de la culpabilité puisque c'est à cause de lui qu'Eve a croqué la pomme, est un des poncifs littéraires qui parsèment la littérature. Baudelaire, dans son poème *Le serpent qui danse* (dans le recueil *Les Fleurs du Mal*, 1857), en fait le symbole de l'amour charnel et passionnel qui le lie à Jeanne Duval. Chez Saint-Exupéry, il devient symbole de mort dans *Le Petit Prince* (1943). Le plus souvent, le serpent est ainsi soit lié à Éros (la sexualité), soit à Thanatos (la mort), et parfois aux deux. Cette figure métaphorique s'imposait dans le récit de Camille Kouchner puisque l'Éros de son beau-père entraine le Thanatos symbolique des liens familiaux et de sa propre vie, pendant plus de vingt ans.

LE DEUIL, DÉCLENCHEUR DES PASSIONS TRISTES

Selon le philosophe Spinoza, les causes extérieures qui affectent notre puissance d'agir sont des passions. Gilles Deleuze l'explique ainsi dans *Spinoza philosophie pratique* (2003) : « De tels affects sont des *passions*, puisque nous n'en sommes pas la cause adéquate. Même les affects à base de joie, qui se définissent par l'augmentation de la puissance d'agir, sont des passions : la joie est encore une passion "en tant que la puissance d'agir de l'homme n'est pas accrue à ce point qu'il se conçoive adéquatement, lui-même et ses propres actions". Notre puissance d'agir a beau être accrue matériellement, nous n'en restons pas moins passifs, séparés de cette puissance, tant que nous n'en sommes pas formellement maitres. C'est pourquoi, du point de vue des affects, la distinction fondamentale entre *deux sortes de passions*, passions tristes et passions joyeuses, prépare à une tout autre distinction, entre *les passions et les actions* ». Or, dans le livre de Camille Kouchner, les passions tristes sont toujours déclenchées par des deuils.

L'ouvrage est en effet ponctué par trois deuils majeurs. Le premier, qui suit de près celui du grand-père, est celui de la grand-mère de la narratrice, Paula. Cette femme gaie et courageuse se suicide sans que personne n'ait pu anticiper cette fin tragique. Tout se passe comme si le suicide de son ex-mari, qu'elle exécrait pourtant, lui ôtait sa raison de vivre. L'impact de cette mort est phénoménal : il plonge sa fille Évelyne dans une grave dépression et dans l'alcoolisme. Il affecte aussi profondément la narratrice, qui n'a pourtant pas le droit de montrer sa peine afin de ne pas ajouter au fardeau que porte sa mère : « Le jour où ma grand-mère s'est suicidée, c'est moi que ma mère a voulu tuer. L'existence de ses enfants lui interdisait de disparaitre [...]. Le jour où j'ai perdu ma grand-mère, j'ai perdu ma mère. À jamais » (p. 99). Outre la fin de la complicité qui liait Évelyne à sa fille, le deuil de la grand-mère comporte un autre effet collatéral : il engendre l'inceste entre Victor et le beau-père, justement parce que la mère n'assume plus rien et ne répond probablement plus aux besoins sexuels du beau-père. Cet inceste dont la narratrice apprend l'existence entraine à son tour la désagrégation de sa propre puissance intérieure et, bien qu'elle sauve la face, elle meurt en quelque sorte à elle-même. La mort réelle de la grand-mère provoque donc plusieurs morts symboliques, dans un effet de cascade tragique.

Le second deuil qui intervient est celui de la sœur d'Évelyne, Marie-France Pisier, retrouvée noyée dans sa piscine attachée à une chaise. Les deux sœurs étaient, jusqu'à la révélation de l'inceste, inséparables. Évelyne croit qu'il s'agit d'un suicide, tandis que Camille se pose des questions sur ce décès lui aussi très inattendu. Et, alors que la narratrice avait commencé à se reconstruire, la disparition de sa tante adorée la replonge dans le « dégoût de la réalité » (p. 189). « Après la mort de

Marie-France, la culpabilité, ma jumelle, s'est déployée. Elle s'est cachée, a rusé, s'est métamorphosée, et a tenté de se rendre insaisissable. Elle a pris les traits d'un excès de critique, d'une nostalgie paralysante et vaine, d'une colère mutilante, d'une exigence intellectuelle avortée... » (p. 191), déplore-t-elle. Alors que la libération du secret si lourd à porter aurait dû lui permettre de redémarrer sa vie sur des bases saines, le deuil de sa tante redonne vigueur et puissance à sa principale passion triste, la culpabilité.

Enfin, c'est Évelyne qui disparait à son tour, emportée lors d'une opération qui échoue. Lors de la période qui précède l'enterrement, la narratrice constate combien elle est rejetée par les amis de sa mère et de son beau-père. Ils font comme si elle n'existait pas, même dans un moment aussi difficile. À la culpabilité et la colère s'ajoute une solitude morale extrême : « La *familia grande* se tait. Pas un appel. La *familia grande* se terre, a oublié qu'on existait » (p. 197). À l'enterrement, il en sera de même. Ceux avec qui elle a grandi et tant partagé lui opposent leur indifférence, parce qu'elle a mis l'un des leurs en danger. La colère prend bientôt le pas sur la culpabilité, et c'est elle qui dicte à l'auteure les lignes de cet ouvrage. Le livre apparait ainsi comme une catharsis qui coupe volontairement les liens avec cette pseudo « famille » qui n'en est pas une. Cet acte de création vient clore la série des deuils et des passions tristes qui ont empoisonné l'existence de l'auteure.

PISTES DE RÉFLEXION

QUELQUES QUESTIONS POUR APPROFONDIR SA RÉFLEXION...

- Par quels éléments du récit peut-on affirmer que le titre de l'ouvrage est à la fois descriptif et ironique ?

- *La Familia grande* est une autobiographie : que pouvez-vous dire du pacte autobiographique (cf. Philippe Lejeune) dans cette œuvre ?

- Comment expliquez-vous que le beau-père ne soit jamais nommé, mais toujours évoqué par des périphrases ?

- Comment peut-on qualifier le féminisme d'Évelyne et de Marie-France ? Est-ce le même que celui de Paula ? Ce type de féminisme vous semble-t-il toujours d'actualité ?

- Quel portrait peut-on faire de Victor à travers ce récit ?

- *La Familia grande* est divisé en trois parties : à quoi correspond chacune d'elle ?

- Cette œuvre peut-elle être qualifiée de littéraire sur la forme ? Justifiez votre réponse.

- Quelles sont les peines encourues par l'auteur d'un inceste ? Vous semblent-elles justifiées ? Développez votre réponse.

POUR ALLER PLUS LOIN

ÉDITION DE RÉFÉRENCE

- Kouchner C., *La familia grande*, Paris, Seuil, 2021.

ÉTUDES DE RÉFÉRENCE

- Baudelaire C., *Le Serpent qui danse*, in *Les Fleurs du Mal, de 1868 à 2021*, Paris, Calmann-Lévy (Littérature française), 2021.

- De Saint Exupéry A., *Le petit prince*, Paris, Gallimard, 1999.

- Deleuze G., *Spinoza philosophie pratique*, Paris, Éditions de Minuit, 2003.

- « Hydre », in Larousse.fr. URL : https://www.larousse.fr/dictionnaires/francais/hydre/40760.

SOURCES COMPLÉMENTAIRES

- Parillaud A., *Les Abusés*, Paris, Robert Laffont, 2021.

- Angot C., *L'inceste*, Paris, Stock, 1999.

- Daeninckx D., *Camarades de classe*, Paris, Gallimard, 2008.

Votre avis nous intéresse !
Laissez un commentaire sur le site de votre librairie en ligne
et partagez vos coups de cœur sur les réseaux sociaux !

lePetitLittéraire.fr

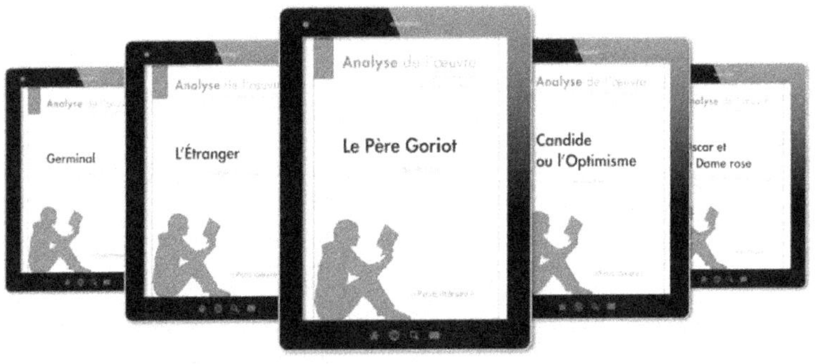

- un résumé complet de l'intrigue ;
- une étude des personnages principaux ;
- une analyse des thématiques principales ;
- une dizaine de pistes de réflexion.

Retrouvez
notre offre complète sur
lePetitLittéraire.fr

ISBN version numérique : 9782808025690
ISBN version papier : 9782808025706
Dépôt légal : D/2021/12603/125

Conception numérique : Primento,
le partenaire numérique des éditeurs.